U0131380

膚色的時光

零雨——著

目錄

輯一

輯二

輯三

輯四

輯一

重疊

我想我們重疊的地方很有限

你每天要梳理的，是高低有致的髮型
我只有三十年沒燙過，齊肩的短髮

你有繡花鞋，你可能還有纏足
如菱角的三寸金蓮

你要選定總管，張羅一家子的飲食
留心各種大小排場

還要給老爺買丫頭做妾

你可能不明白
二十世紀的個人主義存在主義女性主義
二十一世紀的世界末日

我想我們重疊的地方很有限
大概只有身體，只有胸腔和心跳
（——也許這樣就足夠了）

我把你打開——在唐朝
還是宋朝的書裡

你躺在我的手上，我的腿上
我為你調整溫度，重新妝點你的

眼淚與笑容

不久之後
你就會出現在我的面前
如我所設想的那樣

我想——
兩個人
碰面之後
總會留點東西給對方

秋千架上

1

時間　在秋千架上——

那裡來了小姐和婢女
她們盪了幾下
聊了蝴蝶，繡樣
時行的夏衫

花園某一處，蓊密的樹叢裡

異樣的汁液
發出一種味道

她們漸漸趨近
但又繞開

回到秋千架，盪著
無心盪著，聊著花帕
帔巾，廚婆的作料

異樣的汁液
在那黝暗空間發酵
點狀　線狀　變幻
為人形

他騎著馬，準備走過牆頭
他將看到這一切

2

花園的祕道
月亮門後面
一匝繞牆的無名花草後面
輕裘白衣的男子騎馬經過
牆裡丟出一塊縐紗
一串荔枝
女子的髮簪影影綽綽
在秋千架後面——

一場烈火讓那男子那女子
從例行生活中逃脫

異樣的眼光一路跟隨了
幾百里幾千里
（——啊時間的作弄——）

那剛毅的女子
她有一個美夢——
關於幸福家庭的定義

但那郡王說我早已把你們
埋在後花園
為了你們，故事裡所有的人
都死了——

（——除了那發號施令的郡王——）

那郡王是世襲的
那故事也是世襲的

——他將看到這一切，並且
觸到一些餘溫
在秋千架上——

京師的晚宴

太液池上，雲花一朵
美人肩上，濃妝傾斜
然後宮廷晚宴開始
樂工列隊前進
然後鳳凰翔集
桂木的柱子
蘭樹的橫梁
那種美——

一萬里外的窮鄉
一千年後的書桌
那人——他是個書生
——在悖離
京師的道途中
拿出史筆——

「我們被飛檐所觸怒——
我們被管弦所斲傷——」

那人——他是個書生
（——或許他是個鞭笞教徒）
在趕往京師的那晚
遇到一枝多情的蠟燭——

——臨風誰更飄香屑
——醉拍闌干情味切
就有了鞭笞自己的焦慮
「只因那種美——
不能繼續。」

夢見文言文

這些階梯都是直立的
——我爬出
一身冷汗——智慧的
老人在上方等我

我進入一個收藏
物料的地窖，再上升到
另一個石砌的階梯
——全用自然工法堆疊
堅固而且牢靠

我們上到最頂端——美麗的
文字都鑲嵌在花朵裡面
花園幽靜又深邃。他們
穿著長袍一邊吟誦一邊搖擺

——我們有多久沒到這裡來
一個同伴突然出現
——我不曾來過，這裡的氣氛
詭異

——我曾經來過，且懂得這種
吟哦——我立刻接上了
其中一個音

——聲音可笑而且顯得過時——
我的同伴低語
——我的國文老師也曾在課堂上
如此吟哦——
朱老師，我看見他在隊伍裡——
他們轉身念著
教戰守策
一支壯觀的隊伍——
我逃跑。
那人指著另一頭
西湖邊上，少年騎馬而過
白衣晃動，桃花灑落

守著破鼎缺硯的貴公子——
張岱，在昏燈下寫著
亡國回憶錄

竹林裡傳來聲響——
幾個人在論辯大人先生傳
涼風吹起他們玄學的袍子

如此他說——
我不告訴你袍子裡的祕密
除非你懂得擁抱我

袍子裡有錦囊嗎還是
繡上了深奧的紋理——

（——彼時標點符號，尚未發明）

而擁抱意謂著親暱，招呼
抑或保持距離

我們一直在失去。國度
人民
甚至動詞，受詞——
主詞——

老人再度出現。他說，窗戶已黑了
落花滿徑。美麗的文字浮現
在露水上面。此時正好
前往采擷

夢見古代（三首）

1

把那些房屋移出來
換上新修葺的屋瓦
把那些雨滴喚出來接在
芭蕉葉上
把那些鳥放回那幾座
空山中

懸絲瀑布掛好了
蜿蜒小徑重新設定
時代的蕭瑟也塗抹好了

那天我走進那地方
遇見竹林
遇見那七個人

「原來你們都沒走。」
「不。我們不曾離開。」

2

童僕在打扮
把亂髮綰起來

插上素簪

他們成天嘻嘻哈哈
刷馬，洗狗
帶引主人上山
秋天放獵春天踏青

女人則在廚房忙著
煮粥，搓湯圓
柴火細細，小姐也來了

蒸籠的煙霧
把大家薰得同樣模糊

主人暫時坐在書房

他是一枝訓練有素的筆
把僕人婢女小姐公子
集合起來一起讀書
練習寫字

「我們一起來改寫歷史。」
「是的。我們一直被歷史改寫。」

3

「我忽然非常欣喜。」
「看到所有古人都回來了。」
「重新誕生於螢光幕上。」
「我忽然非常悲傷。」
「冥府之王亦在其中。」

「他一出場，收視率便不斷飆升。」

「在非死不可的訊息中，他露出誘人的身段。」

「且把非死做了全新整修，辦更大型的毒趴性愛趴酒池趴肉林趴，吸引了更多的人。」

「大家也都爭先恐後，全都按了讚。」

「這是對古人必要的禮貌不是嗎。」

「我忽然非常欣喜。」

「地府凡間，打成一片。」

「古代現代，無有差等。」

被遮蔽的一行

在荊棘花叢
在蟻穴王國
那個指路者——

他遺失了人間的頭顱
他的馬車是蓮花化身
他的紫衣虛飄
總之
他乃是幻形入世

正因如此——
或許他能抵達——
被遮蔽的那一行

一小段（B.C.630）

1

燭之武從城樓墜下繩子
直奔秦軍的陣營
——只是一小段繩子

秦軍撤退了
從歷史中撤退了
——也只是一小段

一定是那個人

拿起那一小段筆
——比城樓的繩子更短
更微小的一小段

留下了燭之武
留下了秦師

2

我沿著一段一段繩子，攀爬
在一行一行書頁中，窺見了
這簡短、緊湊的一小段

追索，閃爍，聯想
有什麼在誘引著我——

33 . 一小段（B.C.630）

這一小段
我要對他負責
——我隻身進入敵營
——清楚聽到自己的慷慨陳詞

——大家心知肚明
必須如此合謀
才能完成他的神聖任務

招魂

1

他在另一條路上向我微笑
他走得比較慢有時氣定神閒
有時心事重重

有時他越過我的前面
向另一方向指引另一群人
有時他前往高處停佇且
呼喚

那呼喚如此低微而持續
像蓁莽林裡草創的音調

2

我追蹤而至，沿著奇幻
的大河溯流而上

時代的迷霧，不停向上堆高
亂世的鼓點，由遠而近
一些犧牲，已然做好記號

——貴氣的俎豆，精美的托盤
一場華麗的祭典，準備展開——

我看到他

跣足散髮不知如何
是好——

「我迷路了——」他說
「我在招魂——」

問路

我划著一葉古代的小舟
慢慢靠近
（──偷偷，從我的版圖溜出）
一艘現代的船上
他在捕撈，生火
享用一個人的漁夫料理

我向他問路──

「黃公望？
沒聽過。」

「姜太公？
那個釣魚的同業嗎？」

我向他問路——

他隨手一指
前方，海峽某一面
廣大的海域
有一個豐富的漁場
（——恰恰是我偷偷，溜出的地方）

他的另一隻手

持著剛烤好的魚
香味正濃
「其實，我是想向你分一隻烤魚
解解飢饞。」
我正式向他告白——

思舊賦
——寄向秀

怎麼解釋那個多情的彎道
怎麼解釋彎道後面那個緊接的泥路

那個黑色池魚之塘
那個空出來的柳樹林
中間的那個空位子

怎麼解釋那個活著的人
拿著筆
（——在那空位）

揮動如舞蹈
如祭儀
如遊戲
（——並沒有留下剛烈的控訴）

怎麼解釋那張念舊的葉子
脫離軀幹
輕輕觸及地面
又被飆風推搡而去

怎麼解釋那墜落的聲音
在我的腳下
我的眼中
沙沙響起

（一次一次我路過
那個廢墟）
怎麼解釋那小小空出來的位子
總在等待
我的解釋與注視

殷浩（公元354年）

1

亂世的前一日

我在書桌前面
喉頭低吼，手指長出毛筆

此時，空中出現一張螢幕
有人問我在寫些什麼
說實在
我不清楚——

我頭腦暈眩，渾身乏力
此時恰好
一個聰明的人在我旁邊
（——每個亂世總有
一個聰明的人恰好在旁邊）
啟動了
這部語言的機器
（——咄咄怪事，傾倒而出）
就這樣我變成了一個專門
製造四個字的怪獸
真的

我想我是沒有理由的喜歡
陷入這樣的狂亂中——

2

為了那個真實世界
我舉起手
在空中比畫

旁邊的那個人
並不理解
虛空中的那個真實世界
到底是什麼

我的手指所到之處
出現了一些路徑

——在亂世陰暗的巷弄裡
那個旁觀者
大膽沿著它們進入——

咄咄怪事
他看到了
這四個字美妙的字體
——是我的一生
（——必然也是一個時代）
的最佳紀錄
總是保存在虛空之中

韓愈

我的九個小暴君——
每一個小暴君
統治一個世界

——一封朝奏九重天——

經過九種不同的解讀
在九種注視下
我在貶謫的路上

靈感泉湧——

九枝筆上路——

杜甫（公元 767 年）

我就像這間屋子——
裡面有一隻老舊冰箱的轟鳴
外面則是另一些機器的轉動聲

白天藉由市聲的掩蓋，尚可忍受
到了晚上，那種頑強的聲音
裡外夾攻
就構成困擾

他們問我為什麼這麼瘦

我看著他們優渥的生活
肉體豐腴
四肢自在協調

我想問他們你聽見那機器的嗚嗚聲嗎
但我不敢開口

也許只有我聽到
也許他們也聽到但無所謂

我只好問那機器
「你為什麼要發出那種噪音？」

它說——
「我被安在這個特殊的插頭上

時代一到，自然轉動。」

「是誰把你發明？又是誰帶你前來？」

「我是被所有人類召喚前來。」

「但我不想聽到你發出的這種噪音。」

「但你注定要被犧牲了。」

它頭也不回地說——

東坡寒食詩

被偷去時間的
海棠花

香氣逐漸消滅

木柴的眼淚
和灶火相遇

煙霧升起
在灰燼的一端

我為死亡而感動
於是吃素且是
冷冷地吃

紅樓夢中人

1

你叫這隻手機紫鵑
不爽的時候你修書一封
把眼淚還給他把紅豆詞還給他把沾血的
手帕還給他
然後紫鵑把信息送到
怡紅公子傳來的 line 上有一張袈裟上面寫

你可以打我罵我
就是不要不理我

2

走到山的最頂端——
最燦爛的那顆星
被我們同時看到

那顆星——
今夜最燦爛。這是當然的

然而這裡
已是山頂了

然後下坡時

我們說的話
都疲憊了
只能重複

不斷重複
經典裡的句子

我有一句話想要問你
兩句話你聽不聽

如今又如何
當初又如何

3

我們就在這裡分道揚鑣

你堅持看到你熟悉的風景
我轉彎後必將是另一片風景

無法預期，難以形容
那些心靈的想像
都會變得具體

我的美學將在這裡轉彎
一個人前行

沒有喜悅，且是
沒有悲傷

膚色的時光

——獻給莎妹劇團

妖魔 1

他進入以後說
是冷的
他心神不定猶疑錯亂
但臉是安靜的
我剛殺了一個人我說

他準備了利刃
我也準備了

是冷的他說
我們要吃的豐盛的菜餚

我吃著他的腿的那天早上
他想離開他的皮膚
攤平像一張易碎的地圖

我的心臟是橢圓形盛開
如桃花他捏在手上毫不在意

他進入我裡面掏著
我也快把他吃完了

我們剩下嘴
互相比賽

我剛殺了一個人他說

我們各自回到大街
穿戴體面，昂首闊步
向市民微笑，保持風度

我們
按下體內的溫度計
把它調到 37°C

繼續努力工作
我們都準備好了

妖魔2

他善於如此
把你的心挖空
再填入
他製作的一顆人造心臟

據說
因此
你的心會被他
每天打掃
保養　打臘　擦拭得油亮
油亮　不容許一點點渣滓

我的主他要你

如此祈禱
不容許一點點渣滓
意味著你的天堂的完整

不我的主我需要
一點點渣滓既然我是人
我願意變成一切
人造的物品

換我來打掃
我製造的渣滓我知道我
打掃不完

妖魔3

我的主，那條黑暗的巷我們走

我的主，我變成一隻狗被養在那戶人家
我的聲音吠起，從那個狗籠子

狗籠子精美而且優雅
我的主，那條黑暗的巷我們出走
我攜帶著你（你已完全嚇軟了腳——）
反正早晚我們要出走

不如現在。黑暗夠黑而且巷子夠長
現在。不是昨天或明天，或下一刻
我攜帶著你（你已完全嚇趴了身體——）還好
我們還信任彼此的身體
彼此的吠聲

就是現在。

外面已不是禁區。
黑暗也不是。

妖魔4

我的身體
從黑變白
從白變黑
在轉動中

一根軸
在轉動中

一個磁極
在轉動中

八歲一分熟
二十八歲二分熟
三十八歲三分熟
四十四歲五分熟
六十歲七分熟

「你習慣吃幾分熟？」
「我可不可以吃最裡面最柔嫩的不熟的
那一部分？」
「那你必須先切掉外面過熟的那一部分表皮
才能抵達。」
「不，我還是保留那最柔嫩的部分在最裡面。」

妖魔 5

我看到你的臉

是歪的。乃因我
同時看到你的另一隻眼
是歪的。這又來自你
的鼻子。和嘴巴變成
兩個。不同的。兩個
變成四個。脖子。八隻
手。十幾個。乳房。我
挨近你的餐桌。圍巾。呼吸。皮膚
你。變得複雜。
變成許多數不清的
抽象的。愛。恨。嫉妒
惡質。虛。假
任何有形的。例如長條形
任何都無法進入。深入。我
只能塗塗抹抹

只能發明立體派
的多面向畫法
發明創始者
和一位惹人爭議的畢先生

妖魔6

我們這樣練習
眼睛——一下子看東方
一下子看西方
手——撫著東邊又
撫著西邊
不斷來回

用你的骨頭蓋的大樓
用你的血製成的飲料

用你的皮膚鋪好的紅地毯
產。鏟。饞。禪。慘
在二十一世紀撫弄著
這些字體

在巷弄間滾動
在螢幕
你的五官
在雕塑

我們這樣練習——
成為一個妖魔
一個填不飽的妖魔

嘴裡含著糖
哭鬧
用義肢指揮方位
占領虛擬的地圖
我們這樣繪製
（最新穎的——）
一條河流

澎湃洶湧
流入桌上的水壺
我們提起水壺
卻倒不出一滴

妖魔7

「你認得我嗎？」大明星問

「不認得。我是在注意你
那閃耀動人的大耳環。」

很想問閃耀動人的大耳環多少錢
又嚥下口水撈著
昂貴火鍋的最後
一勺麻辣湯頭
然後付完賬離開——

「那對大耳環鑲在濃密的卷髮上，
微微彎著一個完美的弧圈，
光澤嘛，又是如此純粹

潔白——」

「我要把它帶進夢裡。」

他一邊走一邊如此想著。

果然第二天早上
他又想起它。
他走進東區這家昂貴的火鍋店
如昨日一般。搜尋
大耳環

妖魔8
我住在公共電話亭裡面
我很願意住在裡面

公共電話亭我願意把它
當作鄉愁

還有一些預知成為鄉愁
的事物，如院子、藤椅
三輪車、煤球、毛筆

我在公共電話亭裡
投下一塊錢
打電話給他

那時我的手發抖
聲音變調
他後來也成為我的鄉愁

我在公共電話亭裡
投下十塊錢
打電話給毛筆
藤椅，院子
它們也都成為我的鄉愁

我的手發抖
聲音變調
我是這樣過著我的生活

住在李滄東的電影裡
成為他的男主角
成為他的女主角

每一個逝去的我
在特寫或不特寫的鏡頭裡——
製造著我的鄉愁

扭曲、激情、失落
殘敗，或者自殺
或者消失，或者剪頭髮
或者不交待

沒有什麼理由的——
蜷曲在公共電話亭
那樣的空間

撥著電話——
打電話給他

雖然零錢用完了

妖魔9

那些傷害我的人
都在田裡。變成泥。水
變成好人。稻穗

犁的利刃劃過——
變成溝槽的那一部分
就有了凹陷

下雨的時候
就注滿了雨水
兩邊的屋宇就映在了水裡

晴天的時候插秧人
就出現
他們不知為什麼
腰要那麼彎
汗要那麼流
大概不得不如此
向後退向後退

在時代的縫隙中
畫線。斑馬線

好人在那一邊
壞人在這一邊
稻子長成了
好人壞人都變成一樣

都走在斑馬線上

妖魔10

我們已經走在一條路上
必須跌跤

每跌跤一次我們
就不認識自己

「你是怎麼了？」
「下雨。鳥在飛。」

「你是怎麼了？」
「鳥吃了塑膠袋裡的香蕉。」
「香蕉種在隔壁的田裡。」

「你是怎麼了？」
「田裡有一些人在噴灑。農藥。除草劑。
巴拉松。歐羅肥。增甜劑。美白劑。催熟劑。」

「你是怎麼了？」
「田裡誕生了十種妖魔
他們列隊前來
抓走不順眼的人。」

「現在他們變成一百個人。」
「現在他們變成一萬個人。」
「現在他們變成你。」

「你是怎麼了？」

「我的皮膚不好。」
「現在他們變成你
的皮膚。」

昨天的昨天
我們鑽進皮膚裡
尋找

皮膚跑進明天

我們必須再跌一次跤
跌進那些路徑那些時光

「你是怎麼了？」
「我從頭尋找

那些妖魔——」
「既然我也是
那些妖魔——」

妖魔11

T很有禮貌但少了點味道
C大器可期但穿著藍制服
A進取有效率家裡乾淨得像消毒過的醫院
E到處擄掠，自己也保留了一些老東西，幽暗的花園
後面，幾百年幾千年的歌還在傳唱

T考完試後便把經書賣給二手書店
C在農貿市場叫賣古董字正腔圓引得大家
都想學舌
A得了憂鬱症想把醫院漆上老油漆

大家都挖了地道通向Ｅ
每個星期四晚上舉辦古意的燭光晚會
以為這樣可以把Ｅ的陰魂叫出來
只好是Ｅ出來澄清，我的花園後面保留了一臺
那年的留聲機

妖魔12

我摸著你卸下的皮膚
它們柔軟如一匹古代的門帘

「走進去。看看。」你說
光滑的泥壁。木桌。獸形爐

綠紗窗。燃燒的窯火

「再走進去。」你說

我將抵達心臟。走上
藏書樓的階梯。那裡可以
俯瞰整個園林的景致

昨天的山水被搬進宅邸
我們喜愛的那些人在搖櫓
採花，流觴，撫弄絲竹

吟在嘴裡的那些句子
被題在柱子上

被帶進藏書樓
「再走進去。看看。」你說

我是盲目的我只能
摸著你卸下的皮膚
我的眼睛還未完全
適應這裡的光線

我在黑暗中摸著或許
流下眼淚
或許我應該喚來童僕
或許我自己去找那枝
被藏匿的蠟燭

注：《膚色的時光》乃導演王嘉明二〇〇九年的劇作，內容包含十二個角色。本組詩於二〇一一年應莎妹劇團導演Baboo之邀，為紀念莎妹劇團成立十五周年而寫。沿用原題，但自由發揮，與原劇內容無涉。全詩收入莎妹劇團結集出版的概念書《不良》（大鴻藝術，2012）。

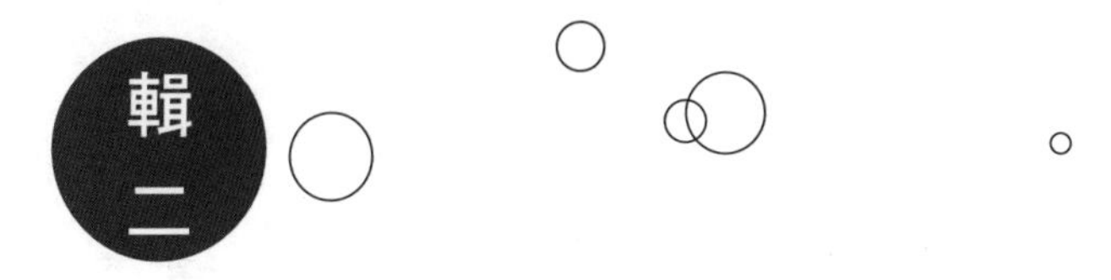
輯二

毛筆

我握住一枝毛筆
想賦予它靈魂

我將水注入小小硯池
我的意念旋轉
黑色降臨

祖傳的黑色
像黑壓壓的眾多祖父
從西元前列隊而來

小篆小轉
大篆大轉
金文有金屬聲
籀文有皺紋

我破筆刷出潑墨仙人
我工筆細描曹衣出水

它握住我的手
想賦予我靈魂

來一點黎明的飛白
雨天的迷茫
中午的明心見性

我溜進溜出。最後
在時光的隊伍中
我被辨認出來
——在最深沉的黑裡

一隻帆

——致石濤

我眼前走過的
黑帆
白帆
都不是

我所等待的——

那隻黑帆
被命運帶往雷殛之地
而那人的白帆

是瘦脊而小品的風

前面還有八千里路
還有八萬顆露水要採集
（——它的泡影——）

這深不可測的注視
這鋪在表面的微笑江山

我的筆將要描繪
一些逃開的水紋
一些追蹤而至的昨日

（——它們到哪裡去呀——）
終是追蹤而至的一隻帆

進入了我的水域
我的筆將停靠江邊
等待那人前來
與我會合

寒食帖

那些人為什麼存在——

一個月前生的，一個月後死的
一百年前生的，一百年後死的
那些人

吃喝，拉撒，交媾，參加典禮
宴會，戰爭，逃離——

要重複幾次

那些人就會自動消失——
就會自動跑進清明上河圖，流刑地
紅樓夢，雪國，竹藪中
或是歧路花園
或是寒食帖裡那一路叫喊的尖細線條——
四個字，四個尖細叫喊的字
可以拉出多少
消失的人

江行初雪

我同時居住在許多地方

江南初冬，我是那個岸邊股慄的縴夫
我是那個打著赤腳，凍餒的漁人
我是傘上，那一堆灰白的初雪

我騎著驢子，和書僮行路匆匆
觀看這一切

風刮過我的斗笠

我的面罩
我的娘子打扮
如同一個歷盡風霜的男人
（——我曾經是她）

我苦笑的驢子
（——我也曾經是牠）
還不明白
這些風霜，從哪個朝代吹來
這些地方，哪個君主打下的江山

牠告訴我
（——我們總是心有靈犀）
涉過冬天，還有春天
不管怎麼變幻，所有的雲煙

你，我
——走過眼前的
這一切
都會重新再來

暗殺

——致 A.P.

那座稻田被暗殺
那些祖父祖母被暗殺
扛著柴刀往山中走去的樵夫被暗殺
在河裡游來游去的魚蝦被暗殺

我們拉開長卷
幽居的隱士憑窗而望
（——望向眼前的江面）

嫩妻僕從，隨侍在旁

稚子嬌啼
（——啼聲總不停止）
竹編的門扉，木構的臺階
（——還在搖動）
瀑布在左邊畫面一角
（——還在奔流）
山道中的行旅，還在匆忙趕路
驢子被初雪打濕了鼻頭
（——又迅速堆上第二道雪）
船篷是黑色，拉縴人還在岸上拉著
拉著我們
拉開長卷

我在南唐山水這一頭
你在宋代江渚那一頭

我們互相對看
並且心裡知道
我們將被暗殺
被裹屍
被縱橫捭闔
在細草潤澤的勾勒裡
在大片留白的空無裡

致王蒙

1

把十四世紀鋪在前面——

在那根酒旗下
我用一匹五花駿馬
交換了這隻跋涉的驢子

牠馱來
一段迂迴的山路
一座遙遠的山顛

牠馱來
一條湧動的瀑布

暗色的琴
忠心的僕人
都等在那裡

炊煙，像一個信號
從樸素的茅廬升起

我是醒了還是
依然酩酊

竟要獨自前往
你讀書的窈穴

你繪畫的密林

2

暗赭色的草澤——
秋天。依然蔥綠的芭蕉

還有——
幾座茅廬，亭台
幾座山巒，小徑。還有——
走上坡路的毛驢，以及牠
幽默的苦笑

彈琴的你。瀑布開始流動
另一個你。從另一座山悠然
前來。以為世上不會再有

第二個人——

如神明一般
將這山水震動

那是我。時時撥著
幾根古代的弦子
拉開一幅長卷——

於是
我的瀑布
就流向了你的

松雪齋

——致黃公望

這裡我們種下
幾棵松

雪下來的時候
我們建造一個書齋

我們向這裡走來
我是其中最小的

一種偉岸的東西

在發光
被我們的筆祕密包裹著

只要我們一提筆
就洩露出點點光芒
（關於永恆的——）
中峰、側峰，焦墨、濕染
——世界漸漸形成

我們的世界——
在密林中
在層層的峰巒
在靠海的江邊
在幽深的竹篠裡

（把自己抽出，又置入——）

那獨行者的手杖是我
那崔嵬的樹幹是我
那岩石的縫隙，是我的
躲藏——

如此我虛虛實實
取景，描畫，且生活
在其中

如此我學到了一點：
我是且永是
松雪齋中小學生

線條

轉過那些虛無的巷弄，我回到具象。
那些具體的生活氣味、聲音、動態。我愛它們。
我沿著細節，進入線條。重新愛起那些細節大師。

維梅爾、余承堯、艾莉絲．孟若、曹雪芹。
每隔一段時間，我就要被他們呼喚。
而現在，正當其時。我進入他們的內臟。
看到他們偉大的臟腑。
在句子裡，在顏色裡。
在生活的虔敬，在情感的紋路之中。

我越過高山，沙漠，河海，莽林。
終於抵達內陸一小邦國。
他們的筆就是可以帶你到那麼遠。
繞一百零八回，在身體裡。最遠的路徑。

武陵農場寫生

——致秀美、素如、玉娟

我想塗抹這些大山
把它塗成黑色
或墨綠

昨天晚上
觀星時大家吟著
星垂平野闊
但我冷得打顫
口齒不聽使喚

還好，星星真的很大

一個人從黑暗中來
帶著手電筒
亮光堅定而固執
走過我們身邊
並且呼喚
一起走走吧

那時山是黑的
路也是黑的
人也是黑的

第二天早晨
才看到那個人

上衣是紅色

才看到對面的山
在窗玻璃上變成綠色——
淺綠，以及墨綠

我們把手電筒收起來
山的背後伸出另一隻手電筒
把我們照得熱呼呼的

我們的臉，就和山一樣
就是所謂的陰面，和陽面
的那種亮光
和宇宙的亮光互相輝映

然後我們出外寫生
坐在松樹下，一個接一個
拿出宣紙、硯台、毛筆
磨一陣子墨，蘸上水，就開始塗抹
每個人都像是活了一千年的人

當然，還有一個孤僻的亭子
茅草的屋頂，木頭的柱子
上面還有對聯
——字也像是寫了一千年的字
我們就合力把它搬移過來

總計我們帶走了五棵松
兩座涼亭，七名遊客
一間石頭瓦房

好幾座
一會兒黑一會兒綠的大山
是的，我們把武陵搬進了
宣紙裡面——

想要把涼亭化身為倪雲林
坐過的涼亭
想要把松樹化身為陶淵明
盤桓過的松樹
想要把自己化身為海拔
二千八百八十公尺的武陵人
雖然不知桃花源是否是真的
在裡面

但我們是真的
在武陵裡面

地平線

每天畫下，一條地平線
注水，磨墨。早上第一件事
飯是糙米飯。菜則一定要有胡蘿蔔
或番茄。紅色讓心臟啟動

一邊放出一隻純尾小狼毫。從黃帝開始蘸墨
一路敘述，直到夏本紀

其中疑惑甚多。但我的小狼毫不處理

疑惑，只處理橫豎——

起筆是否有力，結尾是否迴峰，點捺是否
形成三角洲

我的宣紙，圍起來的版圖，是否肥沃、圓熟
適合人居。適合等到周公出現

發明了井田制度大規模
改造了上古的人文和地文

水文則是夏禹早就處理好的
夏本紀筆筆贊美夏禹的偉大

有一條地平線則更早，靠黃帝打好底

魆、應龍，天上地下，都來相助
把那條線拉得又直，又遠

遠到我一邊吃飯，一邊跟著打江山
——紙上風雲，愈打愈餓
只好用我的小狼毫，繼續填飽早上

因為不處理疑惑
我的小狼毫橫豎
就有了點意思

整型

有一種時代的錯置
讓人不好啟齒

我們默默愛著的
那人竟也老了
而且老得很不妥當

他用不來年輕人
的假睫毛、眼影刷子
煙薰妝

年輕人也看不慣他的硯台臉
水墨畫、胭脂淚

整型醫師宣稱可以
把所有老人都變年輕

但硯台臉、水墨畫
胭脂淚
很難

古董

黃昏中，修補著碎裂的古董花瓶
明、清時代——
漸入黑暗

花瓣接續著花瓣
花心接連著花心

它的梗——
帝國的身體
錯彩鏤金，如此容易

碎裂

黑暗中，用手指
摸索著，聞到一種花香
並且——

想像著，開燈的那時刻
那碎裂
亦將是一種美

南泉斬貓，趙州下山

1

他說
我把那隻貓斬掉了
兩邊的人馬各自回到廂房

他說
我把最髒的那雙鞋
放在頭上了
獨自一人下山

我扛著最美的靈魂
走下坡路
走上坡路

最美，應是最輕最快的
死亡——

最珠圓最玉潤的琴的
彈奏——
沒有止息——

最幽微的鳴叫
在路上
在風景中

2

我延長了死亡的憂傷？
沒有死，還沒有。真相是──
我頂著沾過泥的草鞋
走過人世的柵欄
──那些為死亡而爭吵的人
──都在柵欄裡面
見證一具肉體靈柩
容納一切人世的敗德
──不美、不善、不淨
緩緩移動，下山

重新返回人世

想念老子

1

忽然而然
走到了懸崖邊
（——我不是要跨越）

我呼喚
虛無的土地
另造一座懸崖

與此地
遙遙相望
（——老死不相往來）
我忽然而然
想念老子
我如嬰兒般嚶嚶
哭泣了

2

在虛空之中
縫補
無有之有

無心之心

從那裡
我走過去
縫補——

把自己拆了又拆
洗了又洗
我縫補——
坐忘
忘情
復歸於嬰兒

我如嬰兒般嚶嚶
哭泣了

羅莎·盧森堡

我有一個很深的口袋
在最裡面的那件衣服上

羅莎·盧森堡，你是革命者
生活把你鑄造，成為更高級
不，最高級的——一個詩人
一個真正的詩人

我願意
把你放入這個口袋

坐夜車——
過邊界——
越冬——

都撫摸著
都緊緊撫摸著

用五根細細的炭火
在最靠近心的那個地方
親炙著——

微弱

火燄
微弱的火燄
保羅・克利的筆觸——
微弱，而不是狂野
正是那微弱

我的心被挑動
顫音響起
知道他

也曾
被另一個微弱
世界挑動

羅貝托・波拉尼奧（Roberto Bolaño）

今天來了一個親戚
羅貝托・波拉尼奧

他從拉丁美洲來
天下著雨，到處濕搭搭
他的草帽，帶著熱氣

我打開他的族譜
（——他帶來的珍貴禮物）
才知道我們的血緣如此之近

我的兄弟，不，這樣說
還見外了。我的家人，不
是我，年輕時的——
我的血肉，我身體的臟器
四肢，百骸，我口吐囈語
的嘴唇，排泄——從頭至尾
的古道熱腸

他還把心掏出來，也是熱的
熱——是他的特點

他沒說什麼客套
——這也是他的特點

135．羅貝托·波拉尼奧（Roberto Bolaño）

不客套，就留下十部長篇
四部短篇，三本詩集
也不說再見了

再見。毫無意義。我天天
都能見到他

我說，我不送你回拉美了
你就住下來

這有什麼問題。波拉尼奧說
我到處都能住
我還隨身帶來火種——

艾莉絲．孟若

1

艾莉絲．孟若是個奇怪的作家
看完她的小說晚上
一定要作夢

第二天早上躺在床上回想
自己的夢和她的小說於是
不懂的部分就突然都懂了
（通常是有點恐怖令人費解的夢，類似推理）

在夢裡，我被許多人事
追趕，糾葛，攪得迷糊
奇怪的是
我的心中充滿了感情

奇怪的是
這樣的夢，和她的小說
就有了聯結

2

艾莉絲・孟若把他體內一顆，未成形的眼淚
喚出來
他必須要先作一個夢，讓它慢慢進入夢中

第二天醒來他躺在床上——
他必須躺久一點
看過黑與白——

才發現，這顆淚——
歷經一番人世變幻

在心肝某處鑽動
把小水滴，滾動成珍珠

找到那個從夢中醒來的人
找到他的眼珠
便破碎而出——

卡瓦菲絲

1

我生活在不激動的人中——
我的眼淚默默爬行
躲在抽屜裡
有人不小心打開
——他是個不激動的人
這麼多的蟲。他說

我只想看到花。好美的花
他說

我看到眼淚融化
變成我的親人

我向它點頭問安
澆水，埋在土裡

2

我生活在不激動的人中——
我的淚水
在黃昏是灰色
在夜晚是白色

落日的街道
我遇到卡瓦菲絲
——他彎進那個祕密巷弄
一個黑影孤獨地，與他並排

他說
現在沒有眼淚
眼淚彌足珍貴
——被那些激動的人帶走

翻譯

——致A

1

祖父回來了
他以A的樣子出現

A的容貌令我想起我的祖父
算算他的年齡，應在祖父死後十年出生
他能說流利的中文、英文、西班牙文
走遍亞洲、美洲、歐洲各國
精通這三種文化與文學

我的祖父一輩子窩在偏僻的山村
除了土語，什麼語言也不會
就連土語，也不出那幾句
——他沉默寡言，難得開口

他去過的地方，最遠，就是走一小時
的山路，坐一小時的巴士，再走二十分鐘
到臺北——給我們帶來
各種土生土長的山產

2

我的祖父生病了，我替他翻背，倒尿袋
擦洗身體
那時我還太年輕，做得不夠好

而他消失得太快

他的消失
沒有讓我長大
我還是那麼天真幼稚
一想起他的臉
就流下眼淚

他的眼睛小小的，嘴唇厚厚的，臉龐瘦削
一派單純的農村風景

3

A就是以這樣的面貌出現

他看到我的淚水

——那些寫給祖父的詩句

他說，我來翻譯這些翻譯那些
淚水嗎，還是詩句
我猜想，應該是臉——

祖父和A的臉
互相翻譯

然後，我想我讀懂了
生命。一小部分的
奧祕

脈搏

「翻譯我。」她說
我們來到路過的星球
並未準備適切的語言
「丟掉翻譯機。」她說
這已是去年出發時的產品了
那必然是不夠的
她需要全新的語言

「我是明天誕生。」
「要過了明天你們才能認識我。」

今天晚上將是關鍵的一晚
有人已經展開搜尋引擎
有人到稍遠的湖邊去
漫步並推衍一些邏輯
有些小組劃分區塊
互相詰問
有人打訊號到星際通訊站
準備晚間的星際新聞

「不必，翻譯我。」她走到我的面前
把手伸給我

我也伸出手來，我想
我懂得她的語言

我觸到她的脈搏
她也觸到我的

北海之濱

——致李滄東

破鏡子
閃爍，殘破的光
幾隻夏天出逃的
白蝴蝶

對我說
在邊緣
最亮的光
在碎片的

最裡面

白蝴蝶

翅膀翩翩

對我說

這些浪都碎了

因此而得以到達

彼岸

兩隻白蝴蝶

因此而得以到達秋天

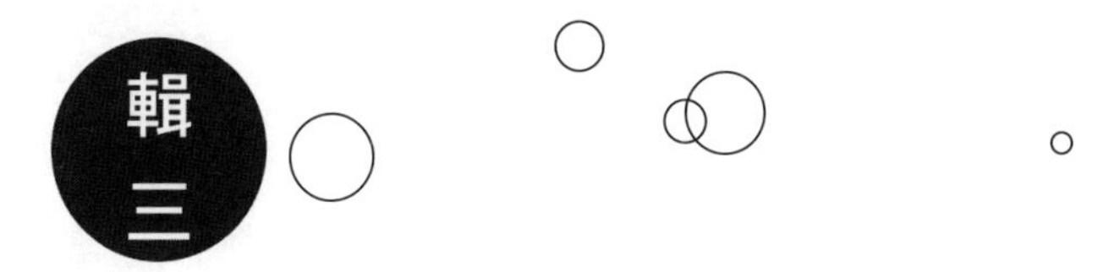
輯三

胸口

我的內心
有一些美好的詞
在翻轉、煎熬、浸潤

它們在排隊
在我的內心，不斷
重組、插入、檢視

它們走過大漠
在荒山間迷路

在都市高樓的陰影中
吐出舌頭

不夠。遠遠不夠
它們要出汗、放屁、拉出來

不是的。它們發光
從那人的胸口，發出光芒
找到出路

經過的時候，那人就
把他的胸口
對準我的

圈起來

我喜歡天下的書冊
在胸口湧動

老子莊子住在鄰近的村莊
蘇格拉底柏拉圖在等霓虹燈
蝴蝶飛出春天博物館

陶淵明李白蘇東坡一起喝酒
他們打架假裝爭吵只為了
把句子逼出來

曼德爾施塔姆策蘭班雅明
在下雪的夜晚
翻越通了電的圍牆一起
計畫逃亡與死亡

有時在 101 高樓有時在里斯本餐館
在世界的廣場在億萬的人群中

有一個人在呼喚
有一個人在回頭

往相反的方向——往人群
相反的方向

我就用筆把他圈起來
我就用心把他圈起來

對話

「你說的話，我不懂了。」
「昨天晚上，我夢到一種語言。」
「那種語言有一對白色輕巧的
翅膀，刮過我的耳膜。
每一根毛羽逼進的聲響，
像分裂的鼓點。」

「霸占了我思維的領地。因此我
不得不加以描述——
用最直接的語言。」

「我甚至不得不貼近它們，
以獲得更多開口的能力。」

「於是我聽到遙遠天空
送來的風，挾帶各地氣候的溫度
與濕氣。並且知道了它飛過的黃昏
與雲層的高低。」

「你說的話，我不懂了。」

「那微妙的叫喊——
在寂靜的瞬間——
在空氣的體內——
不停飛翔。」

精衛

我到很遠很遠的人間
挖掘很多很多的字詞

還拾來那些破碎的物體
樹枝、石塊——那些無用的
被稱之為棄兒的——

以我的唾液加以揉搓
黏合，日以繼夜
運到這座填不滿的海洋

設想有一天
將有另一種人類出現
另一種家園被建立

字詞繁衍
長出另一種翅膀

（且呼喚著我——）
那時我必老耄，但我
還是要飛出

（——安上另一種翅膀——）
飛出
兼程飛出

到另一座海洋

蚊子

蚊子A

蚊子A的飛行姿態、敏感度
都是一流的

牠帶著牠的龐大家族和我同居
這大樓四樓的一個小小房間
牠勤儉苦幹常常一大早上工
熱情地對準我的熱血說愛我

我讀書的時候——牠伴讀並且

在我的巴掌下，練習逃生
我惡劣地想置牠於死地
卻總不能如願
牠每天還是按時回到牠的巢穴
和族人道晚安

有一天我意外發現牠直挺挺
躺在地板上
身體裝滿了我萬分之一的熱血

牠是厭世了嗎
還是發生什麼意外
不牠是壽終正寢了

我突然驚覺我們的血緣關係

多麼深厚

我的這點熱血提供了牠聰明
又帶點精明的一生
其他則別無貢獻

令人欣慰的是
牠的遺容安詳
就像人睡著一樣

蚊子B

蚊子B乃是一個遺孤
牠擁有所有死去親人的優點

我讀書，牠攻擊我

惡劣地朝向我的眼鏡奔來
我卻無法反擊

牠純粹嬉鬧
不大需要我的血

我知道了
牠還年輕
還有足夠時間和我周旋

還好我已經老到可以
只是坐在那裡
讀點書
偶爾嘆點氣

蚊子C

早上吃飯時遇到一隻披頭散髮的蚊子
頭髮黃褐黃褐的，像剛染過
肚子空空，輕盈而略顯疲憊，飛過
我的眼前

「我找不到食物，你又那麼老。」
「你可以停在我的大動脈上，等我讀完艾莉絲．孟若
我的血會多一點。」
（——不要瞧不起老年人）

「但我等不及了，我只是不小心被你吵醒。」
牠只願意停在我的對面，對我打個卡。
「我要趕緊去發臉書，外面還有很多速食。」

我只得好心地打開門，早些讓牠走

繼續吃我的早餐，配艾莉絲・孟若

無頭蟑螂

一隻無頭蟑螂
在早晨的竹椅下面
一隻腳還在抽搐
另一隻小腿棄置在二公分遠的身旁
牠如何帶著無頭的身體
來到我這裡
我對牠的旅程感到凜然

有人這樣寫下現代
小說的開頭——
（不是我——）

我等著
牠的頭無意中出現

那將是不可預料的
某一天

我坐在地板上
沉默三分鐘
從頭到尾
想著這無法想通的一切
如此神聖

書房

螞蟻A走過當代
螞蟻B走過世界
螞蟻C走過詩抄

螞蟻D剛跨過清詞叢論
牠呼喚在雙重火燄裡穿梭的螞蟻E
螞蟻F還困在圖解哲學裡找不到出路

牠們都知道G不是同類
是一個超大型的怪獸

老是移到牠們面前
帶來一些沒有味道的東西

今天
牠們知道連他也迷路了

他坐了很久
連牠們也沒發現

一行

——致《一行》三十周年

我的棲地——曾經
那裡
啞吧般地
漸漸
被摧毀

從這裡，我開始寫下
一行

昨天，我殺死了一個人

兩個人，三個人
——都是自己
——在夢裡

從這裡，我開始寫下
一行

花園裡，有一些碎片的聲音
從我的嘴裡發出
除草機
鐮刀
怪手

我的翅膀倒掛，在空中
——碎片的聲音

我從腹部分泌
——一隻灰色的蜘蛛
脆弱，驕傲
——縱的，橫的

我的王國
綿長，閃閃發光
從這裡，我開始寫下
一行

語詞練習

有時，一些語詞
突然浮現心頭
就特別喜歡用它

和人們這樣交談：
我們的感情就偏勞你了
——我在練習「偏勞」

霧霎霎的未來在等著我們
——練習「霧霎霎」

盛世與亂世交錯的內在
——練習「盛世」與「亂世」

我的生活就這樣充滿了
誤用亂用混用與套用

充滿了「出師」之前，非正式的練習
（——我在練習「出師」）

我周遭人們的反應也不隨便
他們讓我的語詞更豐富

——我的意思是：更多的
誤用亂用混用與套用

我的意思是——（我永遠
講不清楚的——）
在如此非正式的練習中
如此不準確地解讀了
我真正的人生

我永遠是如此——
（——我在練習「永遠」）

失守

起先是寫得好，變成寫「的」好
起先是班駁，變成班「剝」
起先是悠遊，變成「優」遊

現在連樹也失守了
一棵樹，變成一「顆」樹

祖父的祖屋，是「祖」還是「組」
阿嬤的古早味（——郵局對面那一家
當然現在不見了——）

是「味」還是「胃」

從你身體的土石流，不間斷地
流失——十五歲的心，二十歲的情，三十歲
的故鄉，四十歲的花容，五十歲的骨質
六十歲的親人

你終於變成失去高手
——是「手」還是「守」

對仗

我和世界　互相對仗
動詞對動詞
名詞對名詞

心對情
生對死

這次壓什麼韻——
從A到Z
從ㄅ到ㄇ

921 對 911
颱風對海嘯
馬拉拉對曼德拉
一個人的書桌對 101 的餐桌

太平洋黑夜的潮水對
體內無預警的淚水

這次壓什麼韻——
心亂了，只好
去問笠翁

222 地震記事（2014）

這兩個書櫃，我喜歡
它的新巧可愛

老板是個中年人，他送來時
我問，可以放書嗎，他說可以
放很重的書呢，可以可以。二十年前
我想，那時我還年輕
我喜歡這兩個書櫃，而且老板看來
也很老實

我把它倆背靠背立著，放很重的書——高僧書法大觀
石濤精印大全，紅樓夢，詩經，楚辭，魏晉詩，唐詩，宋詞
我放中國文學史的時候——那是五年後
它的板子歪了一邊
我放山海經的時候，它一邊翹起，露出三夾板的內部

我放唐代小說——那是十年後
翹起和歪掉的板子，我必須用紅線和聶隱娘
的學生報告去撐住

在它肩膀高的平台上，我放精巧的玩偶、公仔，親友的相框
同事學生的禮物，溫度計，信札，我的塗鴉
我放巴哈、蕭邦、顧爾德，我放古詩吟唱、國樂大全、崑曲、南管
京劇、柯恩、柯琳絲、蕭泰然、臺灣民謠

因為翹起，又歪了一邊，紅樓夢有時會溜到山海經那裡
唐詩和魏晉詩會壓得彼此抽身不得

我繼續加入西洋美術、西洋文學、班雅明、羅蘭巴特、漢娜鄂蘭
並且，試圖調整每個板格的平衡
那是十五年後

歷經 911，921，南亞海嘯，福島核災
三夾板裸露的地方愈來愈多
我不時要清掃它的屑屑
——我只能清掃它的屑屑
它已經變成一個龐大的屑屑帝國
就在前天，222，凌晨 4 點 25 分的地震

一聲巨響之後，緊接著又是一聲巨響

我知道第一聲是地震，而第二聲
則像是辛亥革命的那一聲巨砲

我急急開燈查看
兩個新巧可愛、相依為命的書櫃已經完全
不見蹤影

它們解體得十分徹底
每一個板格都分崩離析
以致中國美術和西洋美術糾纏在一起
曹雪芹壓在普魯斯特的身上

我的帝國頹然倒地——更多屑屑出現

我的大門出入口，完全堵塞

我撿起一本鄉關何處
像一個外鄉人一般，冷靜，從容
開始著手，帝國的重建工程

我如此冷靜，從容
（——彷彿早就預知它的命運）
把它們一摞一摞，分類、整理
疊放在地上

我如此冷靜，從容——不理會時間
我知道
我的第二帝國，不急於出現
我知道

我要慢慢規畫它的架構
我要它
沉穩、堅強，我要它
真正的沉穩、堅強，不僅只是
貌似而已

我終於知道——

多寶格

幸福嵌入我身體的多寶格
最大的一格
是我的詩

我創造出一首詩
我的身體
便和幸福相遇了

像是第一次，永遠
像是第一次。我的身體

扭曲，變形，以致所有的多寶格
移位，摧毀，難以自持

一隻恢復過來的怪獸
（依幸福的模樣而訂製——）

我的身體
震動，喉嚨低吼
彷彿一個古老的廢墟舉辦了
一次豪華的漫遊

無人了解為什麼
事實是
連自己也不了解

此刻我在

此刻我在屋子裡，靜默
望著外面

有時候——其實是常常
想起我那迷惘的青少年
還有我那神經質的中年

——甚至直到昨天，我還是惶惶然
我總不知道如何度過人世

沒有人教我——其實是有的
我總聽不進去。當他們說話
我的內心就造了一個句子：「是這樣嗎」

我另有一個世界
所有句子胡亂堆在一起
不成形，不成秩序，總是把內心攪亂
也就難以向人說明
一說明，就囁嚅，就變得毫無價值

勉強將它形象化，會出現一些名詞
例如樹，鳥，草，天空，雲，書
至於動詞，只能動作，難以形容
其他呢？其他——
到現在此刻

我正在那個世界裡
混雜混亂混沌
想從中撈出幾個字
但徒勞無功，還是無法具體說出

補丁

格言的這一塊感性的
這一塊智慧的這一塊
聽覺的這一塊藝術的
這一塊

我的身體
縫綴著一塊一塊
生命的補丁

我常想把這件衣服

變成皮膚
變成筋骨血肉
變成內臟
最好是脾胃肝膽心腸
這些臟器

變成血脈相連
每一刻都在打通道路

每一刻都與花相接
與樹、海、核廢料、水泥、垃圾、太空船相接
與佛陀、基督、波赫士、曹雪芹相接

這條路就愈來愈寬廣
就與宇宙相接了
是嗎

修飾的事兒

修飾澱粉讓食物變好吃
（修飾語言讓詩變好看）
用多了，就有毒，就要洗腎

大家習慣吃修飾澱粉
就把口味養重了
就吃不來原來的味道
食物的惡性循環就要開始

據專家說，毒澱粉處方
在坊間已流傳六十年

遍地開花，無人倖免

據專家說，若給狗
每公斤餵九毫克順丁烯二酸
狗腎臟就壞掉
若給老鼠每公斤餵一百毫克
老鼠沒問題

實驗結果：老鼠耐受力強
狗就不行了

人呢？不知道
人不好做實驗
人只能養出重口味，洗腎
嘴裡說好吃，好詩

缺口

——寄W

一定有一種缺口
在這些談話中

我往那個縫隙走去——
一些未來的詞
在那裡
閃閃發光

被戰爭、疾疫、個人身世
扭曲的那些

追趕的那些

後來被壓縮到了
最深層的海底
變成了一種巨型的魚
在那裡，閃閃發光

如果未來，發明一種機器
可以看到我——

——透明的探測器
以心的形狀
向深處鑽研

我也會發明一種缺口

——把鰓露在外面

把一種呼吸，調節到

與心合拍

那是我特別

為你保留的標記

我看到

我想告訴他
我看到他

我默默坐在
夜晚的沙發上
讀著

我看到記憶
被竹林裡的風
推擠

我看到庭院外的車輪
碾軋。然後是鳥叫

變成一行，一頁
一間屋子
一個古意小陽台

又散落，在更遠的
沙洲，路過的
海浪，帶走那艘客船
帶走那個朝代，那個人，遠遠地
走了，一千年，二千年

我看到的，就是一滴露
一個字
芙蓉，芭蕉，山茱萸
漸漸暗下去的灰燼

我看到他
年事已高
但永不退位

我想告訴他
我看到他
這些

第五度時空

——致羅桑倫巴

我的手阻止我進入
我的內臟。我只能觸摸
到乳房——整個胸腔的聲音
出現

我觸摸到陰戶
——下半身的入口。一個時間
的祕室

我只能觸摸到嘴巴。鼻子

眼睛。耳朵

這些統治者
把人間的訊息帶來
只能是——

我的脈輪，我的氣息
我的振動
在三個鍵盤中行走
此時，和諧的盛世才會出現

但是我的肉體阻止我
進入自己的內臟。據說
那裡通向宇宙，通向道路

道路中又有道路，廣大而又分歧
無邊無際
那才是真的。與我的不同

我充其量
只不過是小康
還不到大同

給賽斯（Seth）

我沿著高山之顛
呼喚一條銀色的河
——不再用人的方式
我的內心
被錘鍊
——我不因傳說而存在

我可以是一場秋雨
聖誕紅，或四月前後的草花
土地，濕潤而豐富
我是那個蠕動
——我不因節日而存在
我是那個不停止的飛翔
我是那個被啄食的
汩汩血流
都與別人無關

超越悲傷的大愛

——趙翠慧的瀕死經驗

骨——骨頭一根一根離開身體
水——淚水汗水鼻水離開身體
靈魂——看到靈魂
光——緞帶似的螢幕的光
房間抽空，最重要的東西漏出來
——愛

每一種悲傷
都有一個時間表

時間到了，就會離開——
屬於肉體的，回到肉體
屬於靈魂的，回到靈魂

愛呢——
自己決定

兩個字

——致俞萱、景窗、靖閔
並記佳佳西市場旅館

兩個字　從比較靠近的地方
開始移動
喜歡的話　這兩個字
就結婚
不喜歡
他們也會延伸

不會更少　只會更多

世界　屎尿　果實
他們相乘　相加　相減
開根號　除不盡　都是
一樣的　是的
都變得一樣　因為
看到　時間
等在那裡

灰色
黎明的旅途中　一間
奇異的小旅館
一些怪咖（——其中有字）
把家的意義顛倒

把抽屜懸空
把兩個字變成屋頂
變成旅館

無意中我們
便聚集到這裡
將意識　轉換成功
把自己的字拿出來
各走一條路

這些字　就走很遠
愈走愈遠　新新的
就變新

天使

——致Z、M

1

上天賜下的天使
躲在街角
不讓你知道

在你經過時，看到眼淚
就跟隨
那眼淚，就能穿過
黑暗

黑暗的午夜
就有白色的翅膀，紛紛
掉落在前面

它前來，帶你一起
飛翔

2

我偷偷愛著的那個天使
變成蚊子，吻我的兩隻手
兩隻腳，說要多陪我幾天

變成電風扇
也變成收音機

也變成天空的飛鳥
給我移動的驚喜

也變成我的意念
說我在你身邊
你不是一個人

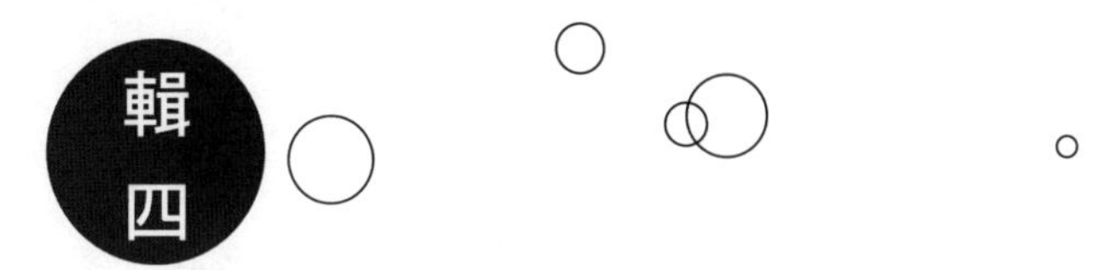
輯
四

十七世紀

他們派出傳道人
他們派出上帝，天使
在前哨站——

弓箭手啟程
路上泥濘
鳥
花樹
泥濘

路拓寬，再拓寬
城堡建造，再建造
還有槍的森林，雨的彈藥

拉著古琴的那人
前往人群聚集的廣場

他拉的是前朝樂曲
他們以為他是外國來的——

他們對他笑
他卻哭了

「我肚子餓呀——」
他拿到幾個慷慨的錢幣

大衣破爛，胸口寒傖——
他剛從淪陷區逃出來
——但這裡是另一個淪陷區
他們買去他的古琴
他卻笑了

你問起那盞燈

1

1895　1915　1930　1945
你問起那盞燈
那一盞老式的燈
橢圓形，奶油蛋糕的模樣
你提到過的——
那個古老的年代
依然在照亮你家的起居室

就在這裡
228　點上一根菸
拈起一份精緻的茶食
配著綠豆湯，鮮果汁
小夜曲

1978　扮演著周到的主人
明理的客人
並注意季節與姿勢的變換——
遞來一個靠枕
或打開冷氣

就在這裡
1987　解下你戒嚴的領結
談談那些花色，女子，餐盤

那些香料，衣裳，以及誰寫的
一句情話

如果還有精神
就談談那些不起眼的小個子
如何笑著逃離追捕的警網
據說是易容、變妝，或躲在了
那個妓女溫暖的胸脯裡

如果一定要談
就談談那些無關緊要的——
粗暴的笑聲，不節制的飲食
迂迴的語言策略
千瘡百孔的疲憊身體

就談談那些和正史無關的——
在這樣老式的燈下

2

在這樣老式的奶油燈下——
我們品嚐新鮮的奶油滋味
並論及其精微的細部
言語交鋒
如過往的戰爭
美學的利刃，不知誰
先亮了出來——

「我們的美學
已和他們大大不同……」

革命開始又暫息——

被審判過的美學——
又借屍還魂，藏匿
在這奶油之中

茶送到手裡——
廚房端出一盤一盤創意的糕點
把大家的嘴巴，一時堵住
語塞時，大家不禁驚疑

誰是製作這美好
點心的那個人
但還沒弄清楚他的名字
旋即革命又開始——

去哪裡

——捷運2014

我眼前的這些人
去了哪裡
寬袍大袖　櫻桃小嘴
金鈿蛾眉　月白紈扇

我眼前的這些人
去了哪裡
陰丹士林　娃娃頭
棉布鞋　洋文書

我眼前的這些人
去了哪裡
露乳衫　露臀褲
露趾涼鞋　智慧型手機

她們一起現身
在電扶梯　月臺
捷運的車廂

匆匆向我走來
經過我的身旁
我想問問她們
一些問題

還沒開口
她們快速進出所有
車廂

到該下的那一站
有人就會下車　上車
彷彿是
同一批人

捷運（2014）

——致W

我和同志坐在一起
我和性倒錯坐在一起
我和 Cosplay 坐在一起
我和戀童癖、暴露狂、人獸交、性癮症者
坐在一起

這是 2014 年即將來臨的歲末，我看到
一個 1890 年代的老朋友，悄然奄至我的
身邊，並向我耳語：這裡這麼混亂，你
怎麼坐得住

我說，就是這麼混亂，我才坐得住
我用的，可能是另一種語言
只見他一臉的茫然

——我正要去遊行
他揮一揮手上的旗子，現出推翻□□
的字樣

——我也正要去遊行
我指給他看一車廂打扮得五顏六色的
同志們
他眼睛一亮，「同志」，他把這個詞
記下了

列車快速通過，給我們送來一個一個幸福的站名
每個站名都是光明的未來，都是多采多姿的
同志們蜂擁進出的未來

終於，他到站了——（這一站叫「民國」——）
他的長袍和鬍鬚，沒有引起什麼騷動

我理解地對他抬抬下巴
算是對他的告別與致意

他消失得很快
在混亂的人群中，他的旗子無力地
垂下，變成教科書裡
不太激動的一行

——「混亂速度加快，」我傳簡訊給他

「列車暫時停擺。」

他傳來簡訊——

「革命尚未成功，□□仍須努力。」

我知道，有些字

要多費些時日

才能真正學會

文明回憶錄

——致M先生

1. 裡面有燈盞

我們回到
那人的帳篷

那人帶來驢子
——驢子依然瘦瘠

夕陽緋紅
帳篷略顯陰鬱
——我們想念M先生了

但裡面有豐富的食物
裡面有清涼的壺漿

就滾下鞍韉
裡面喝口茶
說說神話的事兒

——裡面有燈盞
那就點起燈盞

M先生馬上就來
他騎驢子來

他那雙慧眼啊

在沙漠裡定了座標

他來。他說
我們還是要去
愛琴海——

2. 愛琴海，她的臉頰

愛琴海啊
海浪款擺而來

她帶來一艘船
她帶來一片洶湧的波濤

白色的布帆
像是初曉人事的十八歲

她將航向G地

船是小船，但夠古老
夠大氣，夠文明

以致生出明眸皓齒的大衛
雄壯威武的大衛
慎思明辨的大衛
（——那將是明天的事了）

在那小小的島上
她躺著，許多神明降生
許多神話降生
許多英雄事蹟都結果在那樹上

M先生值得吃上兩顆
她拈去了其中一顆
她的臉頰
紅如無花果的果實

3. 那驢子

M先生——我現在叫他
老師。他帶我進入方舟
到達G地，指給我看宇宙的星圖

那隻驢子，他說
不要小看牠。帶上所有乾糧
粟米、無花果、上世紀出土的
導盲杖、雪鞋、精靈系譜

那驢子，牠會微笑傻笑癡笑
苦笑，是旅行者最好的伴侶

可以剪成貼紙放在口袋
也可以撒向天空變成探路
的雲鴿
牠變化萬千
——像我們的旅程

M先生——我現在叫他
老師

但他說
我只是一段旅程

4. 人家的語言

M先生說，我要去看看那樣的人家

我們翻過庇里牛斯山
穿過地中海的白色小尖塔
在水和沙漠交界的港口上了岸

往東。往東。一直往東
國界糢糊的一個地方
人的腳，牲口的腳，交互測量
一個小村，據說是僅存的——

女人像野玫瑰
男人像野牛

小孩隨意散置
黑黝如一管一管鋼砲
食物囤積，在山裡
河裡，動物的身體裡
眉毛像山，眼睛像海
那裡有一張地圖。M先生說
未來世界的鑰匙——
但我們只敢就近觀察
不好前去相認
我們——沒有
他們的語言

5. 神話

1

這裡的形勢非常嚴峻
詩被遺忘

你的照片半黃，掉落
在坍塌的牆上

根據傳聞，你的靈魂
並未居住在此

時間尚早，我便獨自出發
喚來昨日

(——有些東西容易被捏碎
在文明的拳頭裡——)

你派人送來了神話——

一路相伴，並且
提醒我不是
那個最早的人類

2

我們在海邊
生火，造船，泅水
談起人類的祖先
那些虛構的，彷彿才是真的

那些真實的，卻仿如虛構
我們生活在其中
被滋養

（——和神祕密居住——）

一定要這樣
你的營養才夠
你總是這麼說
M先生——靈魂的
營養學家

6. 木船

孤獨在跋涉——
最高的山，最深的水
（——關於靈魂的旅程——）

他不在我身邊
我呼喚他前來
成為身體的某一部位

他是我的木船——

用尖利的斧頭，砍一百
零八下，一棵樹
應聲而倒

去皮，修整，刨挖，磨光
（——這樣費去幾萬年的時間）

我的木船，聰慧，勇壯
準備出發——

愛琴海文明
亞特蘭提斯文明
姆大陸

——我的淪波舟，越過
文字的波浪，進入
光的蟲洞

把一切記錄刪掉
（——語言不在文字裡）
只剩下孤獨
和孤獨的跋涉

他前來與我會合
——在最高處

我們沒有看到彼此
卻能知道——

7. 那條絲線

天晴的時候
我看得見那棟房子

像另一個星球——
曾經軌道相連
如今散逸奔離

在那裡，有人在細細編造
自己的王城
自己的地下宮殿

天晴的時候
我看得見那條絲線
在幽幽的內室

穿過一寸一寸方窗的投影
踏上一階一階玉色的丹墀

像一隻迷路的小蛇
每移一步就蛻下一層
一層舊日的外衣

然後
轉過牠多情的頭顱
靜靜望向我這邊

彷彿知道此時
也有人在別處迷路
在蛻下一層一層舊日的外衣

因而有一刻
回頭的那一刻
牠止步，又似乎向前

8. 盜火者M先生

白天飛來一隻老鷹
我的心肝啊
痛

晚上我讀M先生的作品
我的傷口癒合

明天還有另一隻老鷹
——是昨天那隻的後裔

晚上我讀M先生——
M先生的作品不停出現

他不停出現

在紐約的小宅院，在希臘的
神殿，在西周歌吟的水澤

在心的匣子裡——

如是
我的夜晚就有了一個完整
的肉體——

被書寫出來的
明天，還有不斷
飛來的老鷹，還有不斷不斷
啄食的心肝的痛

如是我
就有了一個完整的夜晚
在肉體——

9. 小孩

在最新的那個抽屜裡
我找到了一個禮物
——從他古老的手上

他殺了三隻惡龍
剷除了各種妖魔鬼怪
吞過大流星，踏過巨人的足跡
從地獄逃亡，又從天堂折返

沿著一條不露形跡的絲線
回到這個角落

在宇宙的迷樓裡
我永遠不會長大
他說

他把絲線分一段給我
並指給我另一個角落
（——黑呼呼的，彷彿若有光）
不能回頭，一直往前，你就會
變成小孩。他說

一直往前

這條宇宙的絲線
就會愈變愈長
他催促又叮嚀

有松樹的那條路

1

高高的松樹，我在它的蔭下——
為的是它的香——

一千年的松針，一萬年的松針

我枕藉其上，那種香——
我弓曲其上，臣服

2

每天都是節日，心中
有一棵松樹

我前去拈香——

大寒之日，雪下來
全身僵冷，但未倒下

栽一棵松樹，不容易
我用手臂溫熱它

3

內在城市一一崩坍
獨留松樹——

遙遠的山顛，我畫了圓圈
以松樹為車軸，我跋涉
不畏險途

用雨水灌溉，從眼中
我看到它，彷彿是個暗號
——堅固的根部，曲折的高陵
縱的，橫的，人生道路
我的松樹，我在前進

4

有松樹的那條路，把羽毛落下來了

不被甜美吸引，不被音律誘導
有松樹的那條路，我們走進——

這松樹該怎麼畫它
我們先飲酒，喝茶
濯足，洗耳，有時也賭博

各自踏上小徑，各自遇到煙粉、靈怪
各自調配筆墨，一生匆匆——

捉住那羽毛，黑與白，落羽紛紛——

5

大寒之日

第六顆星星，擷取，自他的書中——
我一個人在室內，點亮松枝
最高的那顆，已經默許，給了他——
還不捨得掛出
每日，在心中琢之磨之
已經放在口袋了，雙手
渥著，用渾身的光與熱
渥著它

山水筆記

1. 線條

這些線條——
宇宙的神經
與人世的神經相應

每一根，盛世與亂世
在其中相接，混合
成為山水，成為屋舍
成為舟船，成為舟中人
幽邈的表情

我沿著他的觀看
不斷搜尋，江面，水岸
凡塵的世界
（——他總不看我）

我想問他，你是否看到
宇宙的神經
（——他總不回答我）

2. 冊頁

起筆要有力道，側鋒揮出
中鋒描畫，岩石皴擦
時間這龐然大物，便被黃昏挽留

浮雲散開，紛紛往西方遷居
但在東方這邊，陰陽光影把山巒
襯得豐潤繁複

郭熙、范寬在山腰
董源在水邊，黃公望在舟中
張擇端在京華道上

我要安插他們，在這小小冊頁
樹幹要歧出，鹿角，蟹爪
二株交形或分形
細勾蕉葉或寫意梧桐
（——尚且，其中有人）
有人在吟嘯，會友，或彈琴

或烹茶，或高臥
暫且把時間忘卻

或以時間為枕，枕藉其上
用這黑與白，細描，暈染，敷彩
一根又一根線條，交織
一個又一個無垠的宇宙

3. 鶴

據說時間，從不露面
據說，並不存在時間這個人
我們只能從這些穩定或不穩定的
黑與白中，推測個人或時代的幸
或不幸

那個執筆者，已經退隱
被時間——這個大隱者，接去

他留下的短暫片段
在這畫軸中，135×69或180×90
或528×25

一天，一年，或一生的，繁華盛世
藏在這密林，這山巒，這木橋
這小道中

那個策杖者（——或許僅是一個符號）
他前來報告，時間的追殺
而他是最後逃脫的——

他走上木橋。距離那個永恆的
士人，還有一段土路、水塘、庭院
庭院中的鶴，已經微微張開翅膀
準備迎接時間的到來

只因這隻鶴，士人永遠在讀書
（——桌前或窗前）
他必須學會一些技倆
（——與時間抗衡）

——他能嘯，而鶴能唳

4. 變為

被顛倒過的黑與白，在畫裡
變為美麗的風景

美麗——
是多少次的顛沛、流離、被辱、被欺
被誤解、被忽略、被時代打叉叉

美麗——
是多少，變為的過程

但他看到那線條，一畫分天地
下筆如有神。他看到那神靈

在惡人那裡，在小孩那裡
在繁華的雅集，在血書的長夜
在荒山、亂石、叢木、深筱中——

生與死，中間的那條線
剛勁有力

他必須留住，暫時，或者
永恆。留住它
在這線條的
乾坤中

5. 石頭

風聲漸歇，水勢減弱，一些石頭
露出來

先摹其形，再用力道皴擦，重量
便都集結在其底部
據說，老年的智慧
就是沉澱在此

石頭並不單獨存在。它的力量在於，有碎石
有亂石，有細弱的小草，纖纖可愛

這樣就有了岸，有了小橋
有山崗，有眺望遠方的孤客
有瀑布，有沖刷時間的水流
有房舍建起，有走動的人影

——在小徑轉折處，在時間

隱沒處，回眸

6. 情感

能與時間爭勝的，唯有
情感。我衷心的信仰

唯有情感，能悠遊於這一片山水——

那個有情人，策杖前來
指點山水，時光再度蒞臨

荒山，寒林，冰雪壓頂的茅屋
便出現酒，熱食，人聲，壓卷之作

所有殘酷的歲月（——如這殘酷的山水）

都在等待這一刻，漸漸淡去，復又漸漸清晰
浮現於這短暫的一筆

重壓，輕放，收尾，回鋒。這一筆
樵夫與主人交談，山林與流水交談
驢子與小徑交談，茶與琴交談

——回聲交錯，以光速，超光速，與時間
彼此回盪——
歷歷在目，一同起居

這些情感逃過一死
只因我們祕密安置，這一筆
於心中

7. 半壁江山

曾經和莊周暢論
魚之樂的，那片山水
已經被割裂

——我們在另一片山水之中

他留下的兩隻大翅膀
（——生與死）
還留在這裡
殊難描繪

我們只能論辯。從那裡移來
兩片窗，兩本線裝書，兩條溪流
（——我們論辯，其中的黑與白）

但我們無法臨摹——經營位置，亦步亦趨
不是我們的性情
我們就用七紫三羊，按、捺、點、畫，如野獸奔突
我們就用古墨、古硯，旋轉乾坤，把唐宋的汁味製出
但是這裡，生與死堆疊的摩天大樓
名與利建築的消費場
把四處切割，成為半壁的江山
從落地玻璃窗望出去，那半壁江山
有許多人在坐升降梯。老人，小孩
在幸福餐廳裡團聚

——我們的筆將要學會論辯了
它將看到流水，看到山林

看到一些同樣的東西，在那一半中
被描繪，並且飛翔

8. 頓挫

他們說，所謂時間，只是人與事的移動

能否這樣解釋：
重重站穩腳跟，用力一搏，勢如破竹
這樣的一頓一挫，乃是時間激烈的移動

也就是，壓縮，壓縮，為一艱難的墨點
在廣大的空白中（——也就是那些人與事的）

存活的理由

能否這樣解釋：
這一筆一筆的頓挫——
五十歲那年的下獄，六十歲的虧空
七十歲的毀家，八十歲的出逃
九十歲的病與夢幻泡影
你方才明白了這一點
而他們卻將你埋葬

（——時間霸王消滅你，又敕令你重新開始——）

但我看到生命
在取得前進的態勢——
他們說，這就是生命的風姿

最有力，最美麗的
不斷回旋，不斷啟蒙的
頓挫之旅

9. 幻影

有時，我們也玩一種遊戲
執著，彼此的幻影

鐘聲，來自寺廟，還是密林深處——

令我們顫慄的，是這畫面的重重山巒
還是——
最高的那一排，在最遠方，卻最輕描
淡寫。隱沒，在層雲之後

幾千幾萬里的跋涉，也到達不了的
地方，我們稱之為仙闕

如此，我們登上了華子崗——
摹寫著理想的人間風景
（——僅得其形）
以為攀登，可以更接近，實相的核心

事實是，我們借助的這枝筆
在東塗西抹中，留下的空白
恰恰是，彼此欲說而未說的
那些真實

於是，我們在畫中

造出江山霽雪
造出山色有無
造出輞川別業
造出我們一生的
這些幻影

10. 我知道

我知道，你也經歷過這些——
父母俱亡，親人離異，朋輩誣陷，情愛凋零——
都不會少的。這些人生必要的安排
交織在畫中。但它們都沒露出憂愁
我知道，那些線條。每一筆，都是
一條人生路徑。要經歷多少人生

你的線條，才會漸趨豐富

閃入樹林裡的那個人，方才躲過一場追殺
是你。

高臺遠眺的那個人，恰正路過寥落的村墟
是你。

我看不到他們的臉
甚至他們，沒有五官

只是符號。一具肉身。優雅行過
縱橫散亂的線條

11. 畫出

我完成的這棵樹，枝椏嵯峨，綠色
和雨霧一起落下來

我要再畫上纍纍的果實。黃色，是光陰
紅色，是夜晚的燈籠

把我全身照亮的，就是這些果實
還有溪水，從山中奧祕處
流到我的腳旁

我用心造了一條路徑
——自亂石的岸邊逃脫
循著寺院的梵唄
走向高處

一忽而在山前，一忽而在山後
我的筆迴繞。世間萬象，東突西竄

有些我畫出，有些我不畫出
不畫出的，總比畫出多
因為留白，因為山水在胸，我用筆精簡

必須活得夠久
——一千年，二千年
我才了解精簡的道理

12. 話題

這些線條，我們來討論
一些永恆的話題

日月晦冥時
如何劃分，黑與白

山高變成掛軸，水長變成長卷
是否如此判別南北

雨下來時，茅草的屋頂和鬼瓦的屋頂
有何不同

亭子為何空無一人
為何有時一個人，有時兩個人

向左前行的舟船，向右前行的舟船
抱負是否各異

大江，大海，或洶湧，或潺湲
是否激起心中的活水源頭

或是滂沱的淚水

這些線條——
是否要歷經六十年的鍛鍊
二十年的揮灑
才能掌握這筆下的乾坤

才能了然於胸——宇宙，人世
這些永恆的話題

後記

1

我和書談戀愛。很多書。不是那種一眼望盡，而是要咀嚼再三，捧在手心，躺在床上，可以顛之倒之，欲罷不能。

一本好書，賞味期很長，捨不得讀完。

紅樓夢，讀了五十年，還讀不夠。沒有一本小說，可以與之比肩。

曹雪芹是何等人物，不敢想像。面對他，只能噤聲，羞愧不敢逼視。

其他諸多文人雅士才子才女，有的可充一日之糧，有三日，十日，個把月，半年，不一而足。很少能禁得起年來計算的。

2

我讀畫。很多畫。我愈來愈深入水墨這個千年的文化長卷。

我重拾毛筆，臨帖練字，只為了體會線條的奧祕。

我知道它的艱難了。我知道它孤獨的原因了。

它要你用時間和它交換。它輕易不和你論交，除非你真心相待。而且不是口角春風，虛與委蛇，而是要你付出青春。

不是十年，二十年，而是一輩子。

我喜愛的東西，都和一生有關。都是文火煉金。

我喜歡這樣的閱讀。

3

我喜歡黃昏來臨，在室內的昏暝中，躺臥地板，回味書中的情節。

我設想和作者的對話，如和老友會晤。

夕陽暉光，照著桌上的筆硯。硯中墨汁猶在。這裡有如天堂。

餘暉透過庭中樹葉，進入玻璃窗，再抵達我的書桌。

有時，它也會把鳥帶來，教給我筆的跳躍。

4

我閱讀街道，我閱讀行人、店家，社會的氛圍，時代的氣數。我閱讀風水地理，人情世俗。在最表相中，我閱讀內在；在最古代中，我閱讀現代。書房外面的風，從海洋吹來。向東，迤邐過魚塭、平原、被霜打過的稻田、樹林，小立我的庭院。不一會兒，我那庭院的樹葉，便一點一點落到我的宣紙上。

5

我喜歡那種，第一遍看不懂，第二遍看不懂，第三遍以後才看懂的書。三十歲看不懂，四十歲看不懂，五十歲以後才看懂的書。

我喜歡那種，這時看是這樣，那時看是那樣；隔一時看，又不是這樣那樣的書。

我喜歡那種，可以深深，又可以淺淺，深淺無狀，無以名之的書。

手機關閉，沒有電視、電腦，留時間和書談戀愛，和書搏鬥，玩遊戲。
沒有這樣，有什麼過癮。
不用看就懂的書，何必費事，頂多用掃瞄的。
一瞥，一掃，闔上。
或是跳讀，翻讀，揀一兩句，闔上。

6

這個年紀，真讓人喜愛。
可以孤軍深入，到深山至深處。
那些高人隱士，傲岸不群者，要費點力氣才能與他們會晤。
他們藏身，葆光，以此維持高質量。
（——高質量本身，就是一種不妥協——）
都在高山之顛，或顯或隱的高山之顛。
這個年紀，真讓人喜愛。竟能分辨出這麼一點點。
一點點，已足夠。總算這世上，還有這一點點，讓人不寂寞。

7

浮在表面的句子，閃閃發亮，能見度高，隨手可得。年輕、初初閱讀時（──那段時間真長啊），容易被它們眩惑。

現在我潛入水中。我有一件潛水衣，可潛入較大水面，或海或洋，我不敢判斷。我總是以自己的身量，來揣度它的廣度與深度。我深知那種局限與不足，因此，我不敢判斷。

我只是走走停停，忽而發現二百年前或一千年前的沉船，或奇異的水中生物。

有一段日子，我與它們生活在一起。

等我浮出水面時，我深知道，我不由自主，被這地下王國所改造了。

8

現在閱讀，像拼圖。

有時文學，有時藝術；有時考古，有時科技。

有時兩河流域，有時良渚文化；有時唐吉訶德，有時金瓶梅。
東邊這一塊揀起時，似乎就預知西邊輪到哪一塊。漸漸拼成胸中虛實。
如此一來，也就不急於貪圖一些小零碎。
大拼圖完成後，一些小零碎就無所措其手足。
這個寰宇大拼圖，恆星，行星，衛星，彗星，流星，燦然爛然。
真讓人喜歡。

作者簡介

零雨

台北人，台大中文系畢業，美國威斯康辛大學東亞語文碩士，哈佛大學訪問學者。曾任《現代詩》主編、《現在詩》創社發起人之一、《國文天地》副總編輯、宜蘭大學教師。曾獲年度詩獎、吳濁流文學獎、太平洋國際詩歌獎。著有詩集《城的連作》、《消失在地圖上的名字》、《特技家族》、《木冬詠歌集》、《關於故鄉的一些計算》、《我正前往你》、《田園/下午五點四十九分》等。

INK PUBLISHING 文學叢書 564

膚色的時光

作　　者	零　雨
總 編 輯	初安民
責任編輯	林家鵬
美術編輯	陳淑美　林麗華
校　　對	零　雨　林家鵬
發 行 人	張書銘
出　　版	INK 印刻文學生活雜誌出版股份有限公司 新北市中和區建一路249號8樓 電話：02-22281626 傳真：02-22281598 e-mail:ink.book@msa.hinet.net
網　　址	舒讀網 http://www.sudu.cc
法律顧問	巨鼎博達法律事務所 施竣中律師
總 代 理	成陽出版股份有限公司 電話：03-3589000（代表號） 傳真：03-3556521
郵政劃撥	19785090 印刻文學生活雜誌出版股份有限公司
印　　刷	海王印刷事業股份有限公司
港澳總經銷	泛華發行代理有限公司
地　　址	香港新界將軍澳工業邨駿昌街7號2樓
電　　話	852-2798-2220
傳　　真	852-2796-5471
網　　址	www.gccd.com.hk
出版日期	2018年 3 月 初版 2018年 10 月 20 日 初版二刷
ISBN	978-986-387-231-3
定價	350元

國家圖書館出版品預行編目(CIP)資料

膚色的時光／零雨 著. --初版.
--新北市中和區：INK印刻文學，2018. 3
面； 14.8 × 21公分. --（文學叢書：564）
ISBN 978-986-387-231-3（精裝）

851.486　　107000809

讀者回函 QR code